AF468689

GRAND
ALBUM AMUSANT
DES SAISONS

ADMINISTRATION : 13, PASSAGE SAULNIER, A PARIS

PRIX 3 FRANCS

EN VENTE

Chez les principaux Libraires de la France et de l'Étranger.

—

1862

GRAND

ALBUM AMUSANT

DES SAISONS

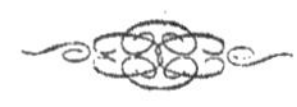

ADMINISTRATION : 13, PASSAGE SAULNIER, A PARIS

PRIX 3 FRANCS

EN VENTE

Chez les principaux Libraires de la France et de l'Étranger.

1862

HENRI MONNIER

Vous le connaissez tous, ce comédien charmant, cet auteur au rire si franchement gaulois, ce dessinateur plein d'observation et d'esprit? — Henri Monnier!

Ce nom est à la fois célèbre, à côté de ceux de Gavarni, de Paul de Kock et d'Arnal!

Et c'est un heureux homme, qu'Henri Monnier?

Il a eu la gloire d'inventer un de ces types superbes qui resteront éternellement, à côté même des créations des plus grands poëtes! — Notre époque compte trois de ces personnages légendaires, et gravés à jamais dans toutes les mémoires: Mayeux, Robert Macaire et Joseph Prudhomme, le bouffon patriote, l'impudent chevalier d'indusrie et l'éternel bourgeois tout gonflé d'une sottise orgueilleuse.

Encore Joseph Prudhomme est-il le plus profondément vrai des trois!

Ses aphorismes sont célèbres, sa voix, son geste, connus de tous. La popularité est aussi quelquefois une preuve favorable.

C'est en 1805, à Paris, je crois, que naquit Henri Monnier.

M. Monnier père était un modeste employé qui fit cependant faire à son fils une partie de ses études.

Mais, la nécessité l'exigeant, Henri quitta à seize ans le collége, et entra immédiatement chez un notaire, en qualité de petit clerc.

C'est ainsi que, presqu'en même temps, commençait celui qui devait devenir un des plus illustres comédiens de ce temps-ci, M. Bocage.

Henri Monnier se dégoûta promptement du notariat; son caractère indépendant ne pouvait se plier aux exigences de son état. — Il entra comme surnuméraire à la Chancellerie, mais il abandonna bientôt cette nouvelle carrière pour la peinture.

Il ne montra pas, nous l'avouerons, tout d'abord d'écrasantes dispositions pour la grande peinture et semblait même être destiné à confectionner à jamais ces déplorables toiles qui, recouvertes d'un enduit quelconque de couleurs à l'huile, sont désignées par les artistes et par le public lui-même sous le nom dédaigneux de *croûtes*.

Mais si le peintre se montra inférieur, le dessinateur étonna Girodet et ses élèves par son audace et sa *vérité* (le *réalisme* n'étant pas encore découvert).

Ses *charges* désopilantes, enlevées rapidement avec un crayon énergique, sont tout bonnement de petits chefs-d'œuvre. Daumier seul, après Henri Monnier, possède cette hardiesse et cette sûreté de main.

Les visages ont surtout des expressions étonnantes. Ce ne sont pas des dessins, mais des photographies. Les yeux voient, les lèvres s'agitent; toutes ces physionomies, vous les reconnaissez pour les avoir déjà vues.

Sans compter les *légendes* qui accompagnent la plupart des lithographies, et qui sont parfaites, Gavarni les signerait sans hésiter.

Deux gamins se rencontrent dans la rue.

— Eh! Guguste, viens-tu demain voir guillotiner?

— Ça va. — Nous verrons bien *s'il monte* aussi mal que le dernier.

— Imbécile! C'est pas un homme, cette fois. C'est la boulangère du faubourg Antoine!

Que dites-vous de ce dialogue, lecteurs — et croyez-vous qu'il ne vaille pas d'être cité sans le dessin?

Henri Monnier était déjà connu dans l'intimité par ses *charges* mimées et parlées qui faisaient, pour citer une phrase consacrée, les délices des ateliers:

Il quitta l'atelier de Girodet, et partit avec Eugène Lami pour l'Angleterre. — A son retour, il publia son *Voyage* et illustra les *Fables de la Fontaine*, les *Chansons de Béranger*, en compagnie de J. J. Grandville, les *Français peints par eux-mêmes* et quelques œuvres de Balzac.

Son crayon ne pouvait cependant lui assurer une existence pour longtemps brillante. Ce fut alors que, conseillé par ses amis, par Alphonse Karr et Jules Janin entre autres, il *rédigea* les scènes et les bouffonneries qu'il s'était jusqu'alors contenté de débiter, soit au Café des Cruches, dans la petite rue Saint-Louis, soit dans les réunions et les soirées d'artistes.

On vit alors paraître ces inimitables *Scènes populaires*, ces *Croquis à la plume*, ces *Profils de bourgeois*, qui rivalisent avec les productions les plus gaies et les plus étudiées, de cet autre peintre des petites gens, Paul de Kock.

Alors fit son entrée dans le monde des lettres Monsieur Joseph Prudhomme, professeur d'écriture, élève de Brard et de Saint-Omer, expert-assermenté près les Cours et Tribunaux.

Et chacun de rire! Et chacun d'applaudir aux faits et gestes de ce M. Jourdain du XIXe siècle.

Alléché par les succès d'acteur obtenus dans l'intimité, Henri Monnier se décida à se produire enfin sur une véritable scène.

Il parut, le 4 juillet 1831, au Vaudeville, dans la *Famille improvisée*, et son début fut un triomphe.

Lisez, à ce sujet, le feuilleton de Jules Janin, dans l'*Histoire de la littérature dramatique*. Henri Monnier y est *pourtrait* de main de maître.

Après la *Famille improvisée*, viennent le *Contrebandier*, *Joseph Trubert* et le *Courrier de la Malle*.

Du Vaudeville, Monnier passa aux Variétés, au Palais-Royal, à l'Odéon.

En 1848, il obtint un succès fou aux Variétés avec les *Compatriotes*.

L'Odéon le vit, en 1852, dans son chef-d'œuvre, *Grandeur et décadence de M. Prudhomme*. Comme auteur et comme acteur, son triomphe fut complet, *et le plus beau jour de sa vie* fut sans contredit cette excellente comédie de mœurs.

Vous l'avez tous applaudi dans le *Roman chez la Portière*, cette burlesque lanterne-magique de types populaires.

Je regrette qu'il ait échoué dans *M. Prudhomme, chef de Brigands*. La pièce, cette fois, a nui à l'acteur.

En revanche, quelques jours après, Henri Monnier jouait le premier acte du *Malade imaginaire* de façon à faire regretter qu'il n'ait point sa place au Théâtre-Français.

La liste de ses œuvres est longue. Nous ne citerons que les principales.

Scènes populaires (1830); *Scènes de campagne* (1841); la *Chasse au succès* (1849); les *Bourgeois de Paris* (1854); *Mémoires de Joseph Prudhomme* (1857).

Nous ne rapporterons ici aucune des mille et une anecdoctes dont ce charmant homme, ce causeur spirituel, ce farceur inépuisable, est le héros.

Nous voulons vous laisser le plaisir d'en lire quelques-unes dans ses mémoires.

Quant à son physique, vous le connaissez tous, car Henri Monnier s'est incarné dans son personnage d'affection et peut dire avec orgueil:

Regardez Joseph Prudhomme. C'est moi!...

Jules CLARETIE.

HENRI MONNIER.

M. PROTIN PROPAGATEUR INITIATEUR, NÉGOCIATEUR. **MARIAGES**

(9e ANNÉE)

RUE VIVIENNE, 38 BIS

(9e ANNÉE)

RUE VIVIENNE, 38 BIS

Il est constant que M. PROTIN s'est acquis une réputation bien méritée par la moralité, la délicatesse et la discrétion qu'il apporte dans ses négociations de mariages. — Une mère de famille peut toujours s'adresser à lui, avec la plus grande confiance, pour obtenir un mariage convenable et en rapport avec les gouts, les habitudes, la position sociale de sa Demoiselle. — Plus heureuse que d'autres mères de famille qui s'obstinent à marier leurs demoiselles dans le cercle de leurs relations personnelles et qui, presque toujours, font un mariage mal assorti. — Le bonheur dans le mariage n'existe pas entre deux époux qui, se connaissant depuis longtemps, sont unis par convenance des parents ! Il faut, au contraire, que les futurs soient dégagés de toute influence ; que ce soit l'ensemble des qualités reconnues sympathiques à l'un et à l'autre, qui dicte la décision. — M. PROTIN acceuillera toujours des intermédiaires d'une grande respectabilité. — Dots de 50,000 à 1,000,000 de fr. et au-dessus.

MARIAGES — **M. PROTIN**

GRAND CAFÉ
DU
LIBRE ÉCHANGE

IMMENSE SALLE DE BILLARDS

75, Avenue de Clichy, 75.

PARIS-BATIGNOLLES.

Le propriétaire-fondateur du Café du LIBRE-ÉCHANGE a créé un établissement dont la somptuosité, l'art et le confortable justifient le titre élevé qu'il a choisi :

Vastes salons, décorations splendides, salle de billards dont le fond, composé d'une glace de 28 mètres superficiels, présente un coup-d'œil magnifique ; médaillons et miroirs de Venise, dorure, peinture, sculpture, grande terrasse et beau jardin, tels sont les avantages que le café du LIBRE ÉCHANGE offre au public. — Ce monument remarquable double son attrait par des consommations de premier choix, à des prix exceptionnels. Aussi est-il devenu l'un des rendez-vous recherchés de la société parisienne.

L'AUXILIAIRE — Office spécial pour les employés de commerce et de l'industrie, offre à MM. les commerçants et négociants, un nombreux personnel de comptables, caissiers, teneurs de livres, voyageurs, etc. — Bureaux, rue de Cléry, 1, au coin de la rue Montmartre. — D. Shamel, Directeur. *(Affranchir)*

GRAND CAFE DU LIBRE ECHANGE — 75, rue de Clichy.

AMÉDÉE ROLLAND.

25e Année. *Les Abonnements partent du 15 de chaque mois.* 1861.

PARAIT
le 15 de chaque mois.

Une Livraison de 16 Pages de texte in 4° à 2 colonnes. Le Numéro est chaque fois accompagné d'un Costume colorié, découpé et mobile, et d'une jolie Gravure de Modes sur acier.

De plus les Abonnés reçoivent:

1° Des Patrons de broderie, de lingerie et de confection.

2° Tous les 3 mois, une nouvelle figurine pour recevoir le Costume.

3° Chaque saison, une grande Gravure pour la confection de manteaux ou mantelets, créations les plus élégantes.

4° Une petite Figurine et un Costume d'enfant.

5° Et enfin en Janvier et Juillet un Dessin de broderie sur mousseline.

CONDITIONS
de
L'ABONNEMENT.

Pour Paris et les Départemens.

Un An: . . 12 fr.

Six Mois: . . 7 fr.

A l'Étranger le prix change suivant le Pays.

ON S'ABONNE
A PARIS
au Bureau de l'Administration du Journal,
RUE COQUILLIÈRE, 22

Dans les Départements,
Chez tous les Libraires et dans tous les bureaux de postes et de messageries.

Nª L'abonnement se paie par lettres d'argent, de mandat sur la poste, à l'ordre du Directeur, ou de timbres-poste.

Imp. Lender, r. Coquillière, 22.

A LA MAGICIENNE
129, Rue Montmartre, 129.

3, rue Vivienne, 3.

A LA PROVIDENCE
3, rue Vivienne, 3.

Mercerie, Ganterie.
Articles anglais.

HINCELIN AINÉ

FABRIQUE DE CHAPEAUX DE PAILLE.
Fantaisie, Haute-Nouveauté

PARIS.

Rubans, Tapisseries,
Coiffures, Soieries.

Le voilà donc ce fameux **VOISIN** dont on parle tant !! fabricant d'Instruments de physique amusante

EN TOUT GENRE

Exportation. 83, RUE VIEILLE-DU-TEMPLE, 83. Commission.

Rue Louis-le-Grand, 23.

23 RUE 23
LE GRAND
Photographie
Artistique
Portraits
Inaltérabl

TRINQUART.

EAUX-DE-VIE CHAMPROUX

LES PLUS FINES QU'ON PUISSE TROUVER,

A 1 FR. 20 CENT. ET 2 FR. LE LITRE.

ENTREPOT A CONFLANS-CHARENTON

Dépôt dans toutes les Succursales Du Château de la Côte-D'or (Paris)

Boulevard Beaumarchais, 54-56.
Rue de Bretagne, 34.
Rue du Roule, 16.
Rue Coquillière, 25.
Rue Sainte-Anne, 23.
Rue Lamartine, 10 bis.
Rue Lamartine, 44.
Rue Saint-Lazare, 109.
Rue de Buci, 5.
Place Saint-Michel, 12.
Rue du Faubourg Saint-Antoine, 125.
Rue du Dragon, 29.
Boulevard Magenta, 59.
Rue Aumaire, 14.
Rue du Petit-Lion, 37.
Rue Lafayette, 3.
Rue des Petites-Écuries, 5.
Rue de la Pépinière, 47.
Rue de Lancry, 20.
Faubourg Poissonnière, 10.
Rue de Chabrol, 15.
Rue du Pont-aux-Choux, 11.
Boulevard de Sébastopol, 4 (rive gauche).
Route d'Italie, 18.

Rue Geoffroy-Saint-Hilaire, 14.
Rue de Poitou, 21.
Faubourg Saint-Denis, 85.
Faubourg Saint-Martin, 30.
Rue des Francs-Bourgeois, 14.
Rue Notre-Dame-de-Nazareth, 60.
Rue du Temple, 149.
Rue des Couronnes, 29.
Rue Ménilmontant, 139.
Chaussée Ménilmontant, 15.
Rue de Flandres, 32, à la Villette.
Boulevard d'Ivry, 17 bis.
Rue Popincourt, 103.
Rue Saint-Laurent, 47, Belleville.
Rue de Paris, 183, Belleville.
Rue de Paris, 34, Belleville.
Rue de Lafayette, 99.

Adressez-vous dans la plus proche des quarante-une succursales

On trouve également des Eaux-de-Vie à 3, 4 et 5 fr. celles-là de beaucoup supérieures à leur prix.

POLYCOPISTE-FOUQUE

Reproduction de la correspondance sans plume, encre ni presse ; système le plus économique et le plus prompt pour obtenir plusieurs copies à la fois. Très portatif pour voyage. Prix : 10 fr. Envoi d'un bon sur la poste. Affranchir.

MAISON FOUQUE ET CHARPENAY

6, passage des Beaux-Arts (Montmartre-Paris), boulevard Pigalle.

CHAPELLERIE BISET

Maison de Confiance

Chapeaux et Casquettes en tous genres

4, Bd ROCHECHOUART, 4.

NICOULEAUX

BOTTIER

Chaussures ordinaires

DE LUXE

ET DE CHASSE

24

RUE DE GRAMMONT

'AUXILIAIRE — Office spécial pour les employés de commerce et de l'industrie, offre à MM. les commerçants et négociants un nombreux personnel de comptables, caissiers, teneurs de livres, voyageurs, etc. — Bureaux, rue de Cléry, 1, au coin de la [...]tmartre. — D. Shamel Directeur. *(Affranchir.)*

Entrepot **CHAMPROUX**, à Conflans-Charenton.

Propriété de **M. CHAMPROUX**, à Creteil.

MACHINES A COUDRE

82, boulevard de Strasbourg, Paris

M. MAYER vient de recevoir de l'INSTITUT POLYTECHNIQUE UNIVERSEL

UN DIPLOME D'HONNEUR

POUR LES PERFECTIONS QU'IL A INTRODUITES DANS LES MACHINES A COUDRE

Maisons : à Bordeaux, 43, rue des Fossés de l'Intendance, 43,

TOULOUSE. — ROUEN. — LILLE. — ORLÉANS. — BESANÇON. — BRUXELLES. — NANTES. — TROYES. — MARSEILLE — BARCELONE. — SAINT-PÉTERSBOURG

Système HOVE	nº 1	425 fr.	Système MAYER (pr la chapellerie)	300 à 350 fr.
— —	nº 2	450 »	— — à griffes circulaires	425 à 350 »
— — pr tailleurs	nº 3	500 »	— SIMPSON, à navette	300 à 500 »
— — pr ouvrages de cuir	nº 4	800 »	— MAYER, chainette, 1 fil	200
			— BIGLOW, chainette, 2 fils	250

NAVETTE : 10 f.; pour cuir : 35 f. — AIGUILLES AMÉRICAINES, la douz. 3 f.; ALLEMANDES, 1 f. 50 c. — GUIDE à BORDER ou SOUTACHER, 10 fr.

LE BON DIABLE

de la rue de Rivoli, 39, en face la Tour St-Jacques.

Conversion immédiate des Loyers en Propriétés

IMMOBILIÈRES

CHACUN PEUT DEVENIR DE SUITE PROPRIÉTAIRE D'UNE MAISON AVEC JARDIN, EN S'OBLIGEANT A PAYER LE PRIX DE SON LOYER PENDANT CINQ ANNÉES

SOCIÉTÉ MUTUELLE DES CONSTRUCTIONS RURALES ET URBAINES

En devenant adhérent à la Société, on ne souscrit que le prix de cinq années de loyer (depuis 500 fr.) ; et quatre mois après, dès que la Maison est construite, on entre en possession et l'on paie ensuite les effets que l'on a souscrits de mois en mois. — La maison et le terrain sont ainsi payés en cinq ans. — On ne paie comptant que les frais d'actes notariés et 1 0/0 de commission. —La banlieue de Paris est organisée en huit divisions et les adhérents sont répartis en dix classes en dépenses de travaux. — Chaque fois qu'il y aura, dans une division, dix adhérents qui auront fait construire chacun une maison du même prix, il sera attribué à l'un d'eux le remboursement du prix de la maison, en obligations amorties en cinq ans, à 4 0/0. — Chacun a le choix de la localité, du terrain, du genre de construction sur des plans très-variés. — Aucune participation dans les opérations sociales. — A prix égal, on reçoit, pour une partie du prix, matériaux ou travaux du bâtiment. — Le personnel est choisi parmi les adhérents. (Agents divisionnaires, comptables, conducteurs, contremaitres, entrepreneurs spéciaux, etc.)

La Société fait à la commission, et elle peut livrer à des prix exceptionnels : — Pierres de taille, briques de toutes qualités, carreaux, poteries, chaux de Tournai, ciments, ferronnerie, menuiserie, mécanique, fers, fontes, bois de construction, etc., etc.

MM. les fabricants qui voudraient s'assurer un écoulement important, peuvent adresser des tarifs spéciaux et des échantillons, en gare, aux Batignolles (franco).

En vente : **Solution du problème des logements à bon marché**, in-8, prix : 1 franc, et 2-50 avec un beau plan. Envoyer un mandat au Directeur-Gérant de la Société, 108, rue TRUFFAULT, ou chez tous les libraires de Paris et des départements.

Avis aux Propriétaires qui font bâtir, aux Industriels et aux Entrepreneurs

ACHAT & VENTE

DE TOUS LES MATÉRIAUX

Réduction de 15 à 30 pour 0/0 sur les prix courants

Tous les articles suivants seront livrés à prix d'œuvre, poids et droits acquittés, au comptant, sans escompte

Chaux de Tournai (grasse), le m. c. —	Fr. 25	Pierres de taille, dalles, carreaux polis.	Tuyaux, tubes étirés, robinetterie.
(hydraul). —	28	Pierres dures, meulières, mœllons, plâtres.	Serrurerie, quincaillerie, clouterie.
Ciment de Tournai, les 1000 kil. —	68	Pierres factices, marbres imités, matière à stuc.	Verres à vitres, plaques, glaces, glands.
Ciment de Vassy —	65	Asphaltes, ardoises, poteries, sables, cailloux.	Menuiserie mécanique, bois, charpentes.
Briques véritable Bourgogne, le 1000	60	Bétons, briques de pays, parties de façade.	Persiennes, jalousies, portes, fenêtres.
— — double, le 1000	86	Sculptures, poteries artistiques, ornements.	Découpage, parquets, rampes, marches.
— hydrauliques, le 1000. —	30	Charpentes en fer, fers, ferronneries.	Châssis, moulures, panneaux, profils.
— — en carreaux, le 1000 —	20	Fontes moulées pour tous les usages.	Couleurs fines, communes, matériel.
— — creuses, le 1000,		Zincs en feuilles, en lingots, estampés, fumisterie.	Cuir-toile, papier fin, d° ordinaire, toiles.
Carreaux, trois modèles, —	55	Cuivres fondus et estampés, fumisterie.	Huiles, essences, siccatifs, mastics.
Tuiles, grand modèle, —	56	Grilles, clôtures, bancs, serres, volières.	Autres articles non dénommés.

Le Gérant se charge du placement de tous les matériaux reconnus supérieurs ou économiques ; elle reçoit les prix-courants, les échantillons, franc de port en gare de Paris, ou dans ses bureaux (franco)

Adresser les commandes à M. LE DIRECTEUR-GÉNÉRAL DE LA SOCIÉTÉ MUTUELLE DES CONSTRUCTIONS RURALES, 108, RUE TRUFFAUT (17e arrondissement), en face la gare des Batignolles.

GRAND

CAFÉ PARISIEN

Rue de Bondy,

BOULEVART ST-MARTIN

EN FACE

LE CHATEAU-D'EAU

A

PARIS.

CE CAFÉ EST LE PLUS BEAU de tous les cafés d'Europe, par son architecture : — Espace, Jets d'Eau, Arts Salle de Billards, tout y est remarquable ; et une HORLOGE sans pareille complète l'illustration de cet établissement monumental.

DINER DU ROCHER

SALONS

CABINETS DE SOCIÉTÉ

Déjeuners à 1 fr. 75 c., Café compris

DINERS A 3 FR.

16, Passage Jouffroy, 16.

L'AUXILIAIRE — Office spécial pour les employés de commerce et de l'industrie, offre à MM. les commerçants et négociants, un nombreux personnel de comptables, caissiers, teneurs de livres, voyageurs, etc. — Bureaux, rue de Cléry, 1, au coin de la rue Montmartre. — D. Shamel, Directeur. *(Affranchir)*

MÉLINGUE

MÉLINGUE

Mélingue est, à mon avis, une des figures les plus originales du théâtre contemporain.

Qui ne l'a vu dans une de ces pièces-épopées et quasi shakespeariennes, traversant bravement l'action, moitié bandit, moitié gentilhomme, le front haut, le regard fier, l'épée au poing, la menace à la bouche?

Enveloppé dans son manteau, qui se relève pour laisser passer le long fourreau de sa colichemarde, la tête couverte d'une toque à plume, les mains gantées de buffle, botté, éperonné, armé en guerre, ne le prendrait-on pas pour quelqu'un de ces vaillants avanturiers qui traversaient, menaçants, les campagnes, faisaient trembler hobereaux, bourgeois et manants d'un seul froncement de leur sourcil olympien?

Qui ne l'a vu, ressuscitant quelqu'un de ces artistes-géants dont nous ne prononçons les noms qu'avec une admiration mêlée de terreur, Salvator-Rosa, Benvenuto Cellini!

C'est là qu'il est à l'aise, Mélingue, le voilà, comme on dit, en famille. Benvenuto est un peu son cousin, et n'a-t-il pas conversé avec Salvator dans les Abruzzes?

Ce fut un de ses beaux triomphes, ce rôle de Cellini! — Il était beau, avec sa calotte michelangesque, sa veste de travail, sculptant son *Hébé* à nos yeux étonnés, et si facilement, avec tant de grâce. Il était beau, le lion rugissant, foudroyant sous sa colère terrible la maîtresse du roi François Ier et le roi François Ier lui-même. Il avait la foi, il représentait devant la foule un grand artiste, un de ces élus marqués du signe surhumain et fatal. Aussi de quel ciseau magistral avait-il sculpté cette figure!

Il avait créé, quelques années auparavant, le Diable, dans l'*Imagier de Harlem*, ce chef-d'œuvre. Je le revois encore, apparaissant tout au fond d'une salle gothique, avec son pourpoint tailladé, ses manches bouffantes, ses bottes échancrées. Une plume noire se balançait sur sa tête. Sa main gauche s'appuyait sur la garde de son épée, et de sa main droite il frisait insolemment sa longue moustache rousse. On songeait invinciblement à quelque reître sorti, de pied en cap, d'une toile fantastique du vieil Albrecht Durer.

Et puis, plus tard, comme il était charmant, séduisant, franc, spirituel, dans ce rôle de Fanfan-la-Tulipe! Il mordait à belles dents les pommes vertes que Mme de Pompadour grignotait en faisant la moue. Et qu'il était galant le garde-française, avec ses reparties, avec son regard de soldat répondant aux yeux en coulisse de la coquette marquise! — Si bien que la marquise, jolie comme un pastel de Watteau, soupirait en riant, lorsqu'elle pensait à son brave garde-française!

La biographie de Mélingue est toute faite, admirablement faite par Alexandre Dumas (*Une Vie d'artiste*). — Le malheur l'a sacré, ce créateur. Il a connu la faim, les tortures du corps aussi bien que celles de l'âme. — Mais, les mains rouges, les pieds gonflés, il mangeait alors avec appétit son pain gelé.

— Attendons demain! disait-il à son camarade Hippolyte Tisserant.

Et le lendemain venu, il se trouva qu'ils étaient, l'un et l'autre, de grands artistes!

Mélingue a créé le *Comte Hermann, Don Juan de Marana, Gaëtan il Mammone, d'Artagnan, Monte-Cristo*, etc., etc. Nous ne parlerons pas de Buridan. Buridan, pour nous, c'est Bocage. Demain Mélingue jouera à l'Ambigu *François les Bas bleus*, et bientôt, à la Porte-Saint-Martin, Salvator des *Mohicans de Paris*.

Jules CLARETIE.

THÉOPHILE SEMET

M. Théophile Semet, l'auteur de *Gil-Blas* et des *Nuits d'Espagne*, est né à Lille, en 1825.

Il n'a donc, aujourd'hui, que trente-six ans. Son nom est *fait*. Le succès, ce fantaisiste inconstant, lui a déjà plusieurs fois souri. Il n'a donc qu'à marcher notre compositeur, à travailler sans cesse et sans cesse, à notre tour nous l'applaudirons.

De bonne heure il s'était senti intérieurement *ce feu que du ciel on reçoit en naissant*. — Nous aimons à nous moquer des vocations comme du reste. — Un homme *appelé* nous semble, maintenant, un être anormal, un fou, ou tout ou moins un *toqué*, un *étoilé*, comme dirait M. le marquis de Belloy. — Et, en effet, ils sont si rares aujourd'hui, ceux qui rêvent la gloire, qu'on en peut bien rire un peu. S'ils aspiraient à faire fortune, nous les respecterions vraiment davantage. *Le temps c'est de l'argent*, disent les Anglais. *L'argent*, ajoutent les Américains, *c'est de l'honneur*.

Donc, Th. Semet était né musicien. Il entra au Conservatoire de Lille, y apprit le violoncelle; puis, avec M. Beaumann pour professeur, l'harmonie et la composition. En 1846, la ville de Lille l'envoya comme pensionnaire au Conservatoire de Paris. Il fut placé dans la classe d'Halévy. C'est là qu'il connut M. Carvalho, dont l'amitié sincère fut, plus tard, si profitable au jeune compositeur.

Adolphe Adam avait pris Semet en affection. Grâce à lui, le premier ouvrage de Théophile fut joué, le 14 février 1848, en petit comité au Conservatoire. — C'était une sorte d'opéra-comique en miniature, une saynète, assez comparable à celles qu'on *exécute* aux Bouffes, chaque soir.

M. Perrin, le directeur de l'Opéra-Comique, avait promis au jeune homme *un livret*. En attendant, Semet écrivait la musique de *la Petite Fadette*, qui fut jouée aux Variétés en 1850.

Semet ne voulut jamais essayer de concourir pour le prix de Rome. — Les lauréats de l'Institut sont, en effet, laissés dans un tel oubli que leur position ne tente guère les compositeurs indépendants!

Indépendants, ai-je dit, libres! — Le pauvre Semet était, en ce moment, libre de mourir de faim. Il courait le cachet; il donnait, pour un franc, des leçons de piano. Il travaillait sans relâche. M. Billon lui confia la musique de *Constantinople*, une pièce militaire qui tomba bien vite, malgré les airs charmants que Théophile y avait jetés.

Semet accepta, à cette même époque, une place de *tambour* à l'Opéra. Il était, au besoin, *timbalier*, et touchait pour ce *travail* 800 *francs d'appointements!* — C'est, en réalité, la misère.

Sur ces entrefaites, Carvalho obtint le privilége du Théâtre-Lyrique.

— Je suis directeur, venez, écrivit-il à Semet.

Et bientôt notre compositeur donna les *Nuits d'Espagne* (1857).

C'en était fait. Les heures funestes avaient fui. — L'orage était passé. — Salut au soleil!

La *Demoiselle d'honneur* fut un demi-succès, malgré la délicieuse musique qu'accompagnait les strophes de Ronsard : *Mignonne, allons voir si la rose....*

Mais *Gil-Blas* se fit entendre, et, de toutes parts, les bravos retentirent. — La complainte espagnole devint bien vite populaire, et le nom de son auteur fut dans toutes les bouches.

A l'heure présente, Semet travaille à un nouvel opéra qu'il destine au Théâtre-Lyrique.

Nous attendons, et les couronnes sont prêtes.

Jules CLARETIE.

THÉOPHILE SEMET.

SÉE

Photographe de l'École impériale de Polytechnique

7, BOULEVART DE STRASBOURG, 7.

MAISON AUDET

9, RUE DE CHOISEUL, 9

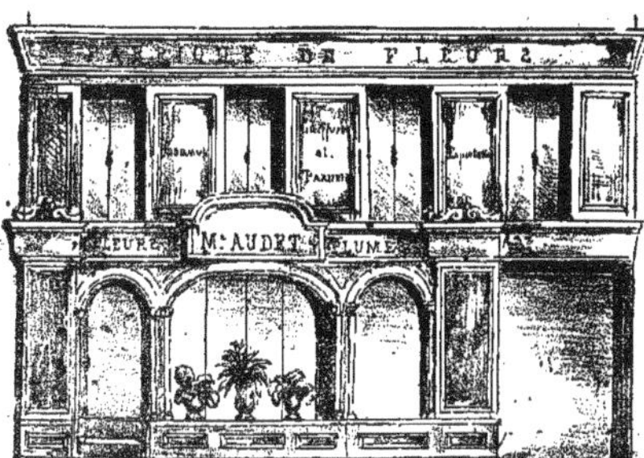

FLEURS ET PLUMES

EN TOUS GENRES

COIFFURES

PARURES de BALS et de SOIRÉES

GARNITURES DE ROBES ET DE CHAPEAUX

COMMISSION. — EXPORTATION.

CHEVEUX

No 12

PASSAGE DELORME,

En face le palais des Tuileries

MÊME MAISON

93, Palais-Royal, 95

PASSAGE DU PERRON

ANCIENNE MAISON SILVA PÈRE

J. PEYTROUX

SUCCESSEUR

ARTISTE EN CHEVEUX ET BIJOUTERIE

DE RELIGION

BIJOUX EN OR, ARGENT ET DE DEUIL EN TOUS GENRES.

Exécution d'Ouvrages en Cheveux, devant les Personnes qui le désirent de tout Objet d'Art d'après nature : Tombeaux, Chiffres, Boucles, Palmes, Paysages, Corbeilles de Fleurs, Nattes, Cordons, Bracelets, Colliers, Boucles d'oreilles, etc., etc.

Mention honorable à l'Exposition universelle 1855.

EAU SPÉCIALE

Pour le nettoyage instantané des Cheveux, sans altérer la couleur naturelle, soit après décès, soit en maladie, soit en état parfait de santé.

GROS ET DÉTAIL

NOUVEAU

COUPE-CIGARES

EN ACIER ANGLAIS FIN ET POLI

Brevetés, s. g. d. g.

Le seul instrument inventé jusqu'à ce jour qui soit aussi commode, aussi solide et aussi simple.

La modicité de son Prix le rend accessible à toutes les bourses

PRIX :

25 cent. unis.	50 cent. bleus et taillés.
40 — taillés.	75 — argentés.

Dorés. . . . . . 1 fr.

SE VEND DANS TOUS LES BUREAUX DE TABAC

Et dans les Bazars

H. G. & Cie FABRICANTS, A PARIS

31, FAUBOURG SAINT-MARTIN

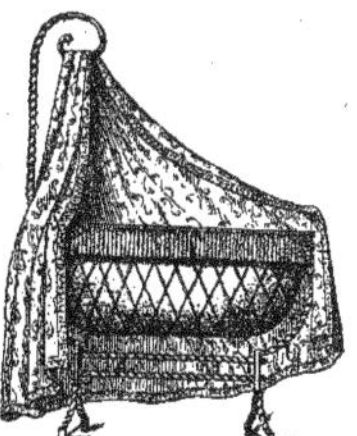

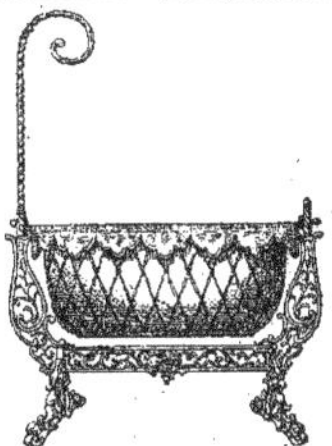

MAISON SPÉCIALE

DE

BERCEAUX ET LITS

POUR

POUPÉES ET ENFANTS

REY

Breveté s. g. d. g.

Rue Neuve-Saint-Augustin, 10 et 1

PRÈS LE PASSAGE CHOISEUL

L'AUXILIAIRE — Office spécial pour les employés de commerce et de l'industrie, offre à MM. les commerçants et négociants un nombreux personnel de comptables, caissiers, teneurs de livres, voyageurs etc. — Bureaux, rue de Cléry, 1, au coin de la rue Montmartre. — D. SHAMEL, Directeur. *(Affranchir.)*

PAULIN-MÉNIER.

TYPOGRAPHIE KUGELMANN, 13, RUE GRANGE-BATELIÈRE.

www.ingramcontent.com/pod-product-compliance
Ingram Content Group UK Ltd.
Pitfield, Milton Keynes, MK11 3LW, UK
UKHW020518230726
13925UKWH00005B/2186

9 782014 075588